VOYAGE

A RONDEILHE.

VOYAGE

A RONDEILHE;

PAR M. AUGUSTE DE LABOUÏSSE,

Membre de la Société des Belles-Lettres de Paris, et des Académies, Athénées ou Sociétés littéraires de Vaucluse, Toulouse, Montpellier, Rouen, Nîmes, Grenoble, Poitiers, Nanci, Montauban, Caen, Colmar, Gap, Abbeville, Auch, Amiens, Nantes, Sorèze, Tours, Agen, Niort.

A PARIS,

Chez DELAUNAY, Libraire, Palais royal, Galerie de bois, côté du Jardin, n.° 243.

1808.

Je hais bien tout mauvais rîmeur
De qui le bel esprit baptise
Du nom d'ennui la paix du cœur,
Et la constance de sottise.
Heureux qui voit couler ses jours
Dans la mollesse et l'incurie,
Sans intrigues, sans faux détours,
Près de l'objet de ses amours,
Et loin de la coquetterie !

(Voltaire.)

VOYAGE
A RONDEILHE.

A M. Auguste GAUDE.

SAVERDUN, 1.ᵉʳ Juin 1802.

Simple en tes goûts et modeste en tes *vœux*
Quand tu nous peins un amoureux délire,
Chacun de nous, sensible à tes aveux,
Croit que les Dieux ont accordé ta lyre.
De quels attraits tu pares ta Zélis !
Si par ton art ils ne sont embellis,
Qu'elle est touchante et digne de te plaire !
Que de talens ! quel portrait enchanteur !!!
Pardonne, ami, je ne saurais le taire,
J'ose envier ta gloire et ton bonheur.

Telles étaient mes réflexions, mon cher ami, en relisant vos *opuscules* érotiques (1). Quelle grâce ! quel abandon ! quel naturel ! quelle facilité ! On envie la gloire de *la plus jolie*, la destinée de *la plus aimable*, et jusqu'aux poétiques *regrets* de son heureux amant..... Mais où m'égaré-je? C'est d'un voyage charmant que j'ai le projet de vous entretenir, et je ne parle que de vos œuvres. Commençons :

A 3

> Je vais sans art, de notre excursion,
> Crayonner la narration ;
> Et des lieux qui me virent naître,
> Essayer la description :
> Puisse l'imagination
> Semer de fleurs cette course champêtre !

Mme D'... et les D.^{lles} de J... avaient été revoir les ruines d'une ancienne tour qui fut bâtie par Gaston de Phœbus (2) : c'est la seule antiquité que nous possédions à Saverdun ; et ces restes, qui nous rappellent d'augustes souvenirs, nous seront toujours chers. Puisse le temps qui détruit en silence, et l'homme plus destructeur encore, les épargner ! — Il était six heures du soir, et nos aimables promeneuses désiraient aller chez Mme de Cazals, avec qui elles ont lié connaissance depuis mon retour de Toulouse. Je me joignis aux MM. de J... pour les accompagner ; elles montent en voiture et nous à cheval. Nous allions partir, lorsque *l'essieu crie et se rompt.* Il y avait demi-lieue de marche à faire pour nous rendre au château de Rondeilhe : c'était un peu tard pour une première visite.

> Cependant la forge s'allume,
> Les marteaux à coups redoublés
> Ont frappé le fer sur l'enclume ;
> Peu d'instans se sont écoulés,

Que déjà répondant à notre impatience,
Les rapides coursiers se trouvent attelés,
    Et sans danger le char roule et s'avance.

Pour réparer le temps perdu, nous courons avec une rapidité incroyable.

Saverdun à nos yeux promptement disparaît :
    Phébus se cache ; on dirait qu'il s'incline.
    Ce demi-jour répand sur la colline
    Le plus touchant, le plus joli reflet.

Nous laissâmes sur notre droite ma petite habitation de Frairas (3), après avoir traversé sur un pont devenu inutile la rivière desséchée de *Laure*.

        Toi, dont le nom cher aux amours
        De Pétrarque eût reçu l'hommage ;
        Toi, qu'on voit franchir ton rivage
Quand l'hiver pluvieux précipite ton cours,
        Et qui meurs au milieu des jours
Où le soleil brûlant dans le lion s'engage ;
        Que ne puis-je sous ce feuillage
        Par ton onde pure embelli,
        Toujours aimé d'Éléonore,
        Toujours de mon bonheur rempli,
Mettant l'étude et les soins en oubli,
L'adorer, la fléchir, et l'adorer encore.

En disant ces mots, je jetai un regard sur ces tranquilles possessions que je brûle de lui offrir, et que je veux rendre plus dignes d'elle par les plantations les plus agréables et les plus variées (4) : je ne négligerai rien pour y réussir.

« Oublîrai-je le myrthe à Vénus destiné,
» Le laurier dont Phébus veut être couronné,
» L'acanthe au bois pliant, les platanes célèbres,
» Et les pins chevelus et les cyprès funèbres,
» Et l'aune qui se plaît sur les bords des ruisseaux
» Et qui défend ces bords du ravage des eaux?
» Et vous, acacias, qui d'un autre hémisphère
» Vîntes nous enrichir d'une tige étrangère,
» Beaux arbres qui croissez avec rapidité,
» Qui, dociles, d'un mur couvrez la nudité,
» Et sitôt qu'au printemps s'éveille la nature,
» Formez devant nos toits un dôme de verdure?
» Et ces longs peupliers au feuillage mouvant
» Dont l'ombrage murmure au gré du moindre
　　» vent?
» Et vous sapins altiers, dont les superbes têtes
» Sur les monts sourcilleux affrontent les tem-
　　» pêtes,
» Et qui de ces hauteurs descendrez sur les mers
» Pour y braver les vents plus mutins et plus
　　» fiers » ?

Dans ces paisibles lieux, sous leur ombre propice,
Je dirais avec joie : O favorable hospice,
Avec Eléonore accueille un troubadour
Qui fuit le vain éclat et du bruit et du jour.
Sa muse aime à chanter le tendre et doux mur-
　　mure
Du ruisseau qui serpente au sein de la verdure ;
Le concert des oiseaux et les jeux du zéphir,
　　　Et de nos prés la riante parure,

Et cette fleur, cette rose si pure
Qu'Anacréon se plaisait à cueillir
Pour en orner sa blanche chevelure.

C'est là, qu'époux-amans, nous pour-
rions suivre les sages préceptes d'Epicure :

Crains les méchans, n'excite pas l'envie :
Pour être heureux, il faut cacher sa vie,

disait-il ; car je ne parle pas de cet Epicure dont quelques ignares sectateurs chan-
gèrent toutes les maximes.

Sagesse unie à volupté,
Voilà quelle fut sa devise :
Cette morale est fort exquise
Et favorable à la santé.
Mais faute d'entendre Epicure,
On l'a trop souvent combattu (5) ;
Il concilia la vertu
Avec les lois de la nature ;
Enseigna comment du désir
On peut régler l'intempérance,
Et même accroître le plaisir
Par le charme de l'espérance.

Vous le savez, mon cher troubadour,
la belle Leontium, admise au nombre de
ses disciples, cessa d'être une courtisane
(6), et de son côté le philosophe sut
vaincre tous les dangers qu'il avait à cou-
rir auprès de son élève. J'ignore si dans
une pareille occasion je l'imiterais avec

celle qui ressemble à Leontium par sa beauté, par son esprit et par ses grâces; car ici le parallèle s'arrête!!! Heureux peut-être, heureux qui ne la connaît pas! Il faut la fuir ou lui céder.

Oh ! tremble d'éprouver jusqu'où va sa rigueur !
  Redoute, ami, son tyrannique empire :
Le jour où je la vis a causé mon malheur ;
Depuis ce jour fatal sans espoir je soupire.
   Hélas ! vous pouvez l'attester,
Bois sombres, beaux vallons confidens de ma
 flamme ;
Vous à qui si souvent j'appris à répéter
Le doux nom de l'objet qui règne sur mon ame.

  Ah ! si jamais de ses charmes épris
Tu prétendais braver sa fierté, ses mépris,
Vois quel sera ton sort : si tu restes fidèle,
  Bien loin de toucher la cruelle,
Tu ne connaîtras plus ni repos ni bonheur ;
Ou si désespéré de traîner cette chaîne
  Tu veux mettre fin à ta peine,
  Crois-moi, tu mourras de douleur.

Voilà peut-être à mon tour le sort qui m'attend ;

« Mais qu'importe ! cédons à la fatalité,
 » Sacrifions le repos de ma vie :
  » On se dévoue à la patrie,
  » Je me dévoue à la beauté (7).

Car enfin il faut que je le confesse:

Le doux chanter des gentils oiselets,
L'aspect riant des côteaux verdelets,
Ces riches fleurs que le printemps étale,
Les tendres sons de flûte pastorale,
Et des Zéphirs les baisers caressans,
Et les beautés de matinale Aurore ;
Non, rien ne flatte et ne charme mes sens
Comme l'aimable et belle Éléonore.

Énamouré (8) de ses jeunes appas,
Je blâme en vain son humeur trop rebelle ;
A ses attraits je ne résiste pas
Quand je la vois si touchante et si belle :
Dût mon amour me causer le trépas,
Toujours mon cœur lui restera fidèle.

Cependant en galoppant toujours

   Nous arrivons dans ce château
   Où les Grâces font leur retraite ,
   Où tout inspire le poëte,
   Soit qu'il admire ce côteau ,
   Digne du crayon de Vateau ,
   Soit qu'il contemple cette plaine
   Que l'Ariége arrose en fuyant,
   Et qu'elle abandonne avec peine
   Pour s'en aller modestement
   Grossir les eaux de la Garonne ,
   Laquelle se montre à l'instant
   Plus bruyante et plus *fanfaronne* (9).

Il n'y a pas ici de parc ni de jardin chi-
nois ; mais quel paysage magnifique ! Du
haut de ce domaine l'œil se perd avec

délices dans la plaine qui s'étend vers Toulouse, et distingue au loin en s'égarant les ruines du riche couvent de Boulbonne et les débris de l'antique château de Terraqueuse, placés entre deux rivières (l'Ariége et Lers), à peu de distance l'un de l'autre, au milieu d'une foule de prairies, de vignes, de bosquets, et d'immenses champs de blé et de seigle, qui forment entr'eux d'harmonieux contrastes.

Des bois touffus présentent à l'entour
Un vaste et tutélaire ombrage ;
Et tandis que dans leur ramage
Philomèle et Progné soupirent tour à tour,
Un doux zéphir marie à leur chanson d'amour
Le bruit léger du mobile feuillage.

Nous allâmes parcourir les plantations de *la Butte*, où des allées que le cordeau n'a point alignées, semblent avoir été jetées au hasard pour inspirer ou nourrir de tendres rêveries.

Qu'en ces lieux un amant s'égare sur le soir,
En foulant les gazons qui parent la campagne,
Il forme des projets, il se berce d'espoir,
Et rien n'y vient troubler ces châteaux en Espagne.

Mais que dis-je ? quand je me livre tout entier à ces images délicieuses, ne seraientelles que des illusions, des fantômes ou des chimères ? Quoi ! toujours désirer, toujours brûler sans espérance !...

Amans, qui me vantiez la douceur de vos nœuds,
    Vous avez trop excité mon envie.
    Vous me disiez que l'Amour généreux
    Sème de fleurs le chemin de la vie ;
Eh ! depuis qu'à ses lois mon ame est asservie,
Pour un jour fortuné j'en ai cent malheureux !
      Les tourmens que cause l'absence,
      L'affreux soupçon, le triste ennui,
      Tout ce que j'éprouve aujourd'hui
Me dédommage-t-il de mon indifférence ?

Mais pourquoi ce murmure et quel est mon désir ?
      De mon cœur voudrais-je bannir
      L'ingrate que ce cœur adore ?
    Pardonne, Amour, pardonne et reste encore :
      Je souffre et ne veux pas guérir (10).

Quand la chose ne serait pas ainsi résolue dans mon cœur, je ne sais quel doux pressentiment rassure ma tendresse. O mon ami, je reviendrai auprès d'Eléonore, je la reverrai aussi belle et plus sensible qu'avant mon départ, je vaincrai mes rivaux, vous serez de la fête, et vous chanterez notre hymen. — Mais laissons un moment ces espérances, ces réflexions, cet avenir et l'enchanteresse qui en est l'objet, pour vous peindre l'accueil poli des maîtres de Rondeilhe ; ils sont heureux des jouissances qu'ils procurent : leur affabilité ne néglige rien de ce qui peut les rendre aimables.

> On causa beaucoup : ce qu'on dit,
> Je n'essayerai pas de le rendre ;
> Il me faudrait pour l'entreprendre
> Plus de mémoire et plus d'esprit.

> Déjà le sombre crépuscule
> Annonçait qu'Apollon dans le sein de Thétis
> Rallumait ses feux amortis,
> Quand l'échanson des Dieux, ou du moins son
> émule,
> Nous présenta cet ovale parfait,
> Ces tasses dont à Sève (11) on façonne l'argile,
> Et versa d'une main agile
> Un thé pur que colore un nuage de lait.

> Aussitôt

> Les charmans à propos, la fine raillerie
> Et la vive plaisanterie
> Circulent dans le comité
> Autour de la vaste théière,
> Qui répandait dans l'assemblée entière
> Et les plaisirs et la gaîté.

La mode, les brochures, les journaux, fournirent à la conversation d'inépuisables saillies et de piquantes réflexions ; on parla sur-tout de la sauvage Atala, pour qui M. de Chateaubriand a tant su nous attendrir.

Et même on assura que ce brillant génie
Qui nous fit admirer sa Vierge du désert,
    Désormais, de gloire couvert,
Pour confondre l'orgueil d'une secte ennemie,
    De l'univers va peindre l'harmonie (12).
    Mais dans la prose il puise tous ses traits.
Votre muse en beaux vers attaque l'incrédule :
    Le feu divin dont elle brûle
Au langage des Dieux prête encore plus d'at-
    traits (13).

On dit ensuite quelques mots de nos
poëtes ingénieux : Bertin, Chapelle, Chau-
lieu, Deguerle, Duault, Bernis, Bouflers,
Kérivalant et Bernard passèrent en revue ;
tout fut approuvé, jusqu'à leurs négligences.
Moi seul je ne sanctionnai pas entièrement
ces éloges, et je m'écriai :

    Si quelque jour je pouvais enflammer
L'insensible beauté qu'Amour m'a fait connaître,
    Bernard ne serait pas mon maître (14) :
Bien mieux que lui Tibulle enseigna *l'art d'aimer.*
    O comme il peint une amoureuse flamme !
    Qui ne voudrait partager ses plaisirs ?
    Ses vers plaintifs font naître au fond de l'ame
    Un trouble aimable et de tendres désirs.
    L'heureux Parny l'avait pris pour modèle,
    Alors que sa lyre immortelle
Soupirait mollement ses naïves *amours.*
    Qui n'envierait le bonheur de ses jours,
    Quand dans les bras de sa jeunesse maîtresse,
    Le front, de myrthe et de fleurs couronné,
Pour avoir avec grâce exprimé sa tendresse

Il vit son luth de gloire environné ?

On sourit à mon enthousiasme : on fut de mon avis ; on aurait voulu connaître celle qui me l'inspirait, et moi dans un mouvement d'amour-propre et de confiance

> J'allais
> Décrire
> Ses traits,
> Et dire
> Son nom ;
> Mais non ;
> Préfère
> Me taire :
> Mystère
> Me plaît.
> C'est fait,
> J'abrége :
> Irai-je
> Nommer
> La rose
> Que j'ose
> Aimer ?

Je me tus donc : je n'ai pas acquis le droit de la faire connaître à tout le monde. Enfin on disserta encore quelques minutes, et bientôt nous songeâmes à partir. La lune nous éclairait assez faiblement ; son jour était pâle et timide. Écoutait-elle dans ses loisirs la déclaration de quelque audaciéux mortel ? C'est ce qu'il ne m'importe guère. Mais je sais fort bien que malgré le bruit

que nous faisions en trottant sur le sable
et la pelouse , j'entendis ces paroles sortir
de la bouche de quelque poëte du voisi-
nage qui allait sans doute en bonne fortune.

Reine brillante des étoiles
Qu'implore dans la nuit le tremblant voyageur ;
Toi , qui de l'empirée ornes les riches voiles ,
Favorise ma course et cache ta splendeur.
Fuis , la moindre clarté m'importune et me blesse :
Endymion t'attend , revole dans ses bras (15).
L'Amour saura guider mes pas ;
J'arriverai sans crainte auprès de ma maîtresse ,
Qui va dans peu livrer à ma tendresse
Sa main , son cœur et ses appas.

Mais tandis que je cherche à me rappe-
ler , pour vous , les transmettre , tous les
détails de ce court voyage ,

Le sommeil bienfaisant affaisse ma paupière ,
Et mon œil fatigué se ferme à la lumière.

Je n'ai pas , ainsi que le Tibulle cam-
pagnard que nous avons rencontré , de
rendez-vous mystérieux.

Aucune Iris , aucune Célimène ,
Trompant pour moi sa mère et les jaloux ,
Ne doit ce soir assouplir les verroux ,
Et dans mes bras cesser d'être inhumaine.

D'ailleurs , j'en connaîtrais quelqu'une ,
que je ne voudrais pas être infidèle à celle

que j'aime ; je vais donc m'établir dans
ma couche solitaire. Adieu ; je m'abandonne aux soins de Morphée ;

Et dis avec ferveur en implorant l'Amour :
Dieu charmant, prends pitié d'un jeune trou-
   badour
      Que ta flamme brûle et dévore.
Dans un rêve flatteur, digne de mes transports,
Présente-moi les traits de mon Éléonore ;
Rend sensible à mes maux l'ingrate que j'adore :
    Me voilà prêt ; hâte-toi..... je m'endors.

Fin du Voyage à Rondeilhe.

NOTES.

(1) LES *opuscules* de M. Auguste Gaude parurent en 1788. Laharpe, Imbert, M. l'abbé Aubert en firent l'éloge dans divers journaux, où plusieurs de ces pièces furent insérées et remarquées par ce petit nombre de connaisseurs éclairés et délicats, dont Horace préférait le suffrage à celui de la multitude.

(2) LES amateurs de l'antiquité vont visiter les ruines immortelles que Nîmes, Arles, Marseille possèdent dans leur enceinte. Saverdun peut-être eût pu jouir du même privilége si... Voici le fait : Les archives du comté de Fois périrent dans un incendie ; mais j'ai lu dans un ancien manuscrit que vers l'an 1327, Gaston de Phœbus, onzième comte de Foix, marié avec Éléonore de Comminges, fit élever à Saverdun une tour qui porte le nom de Phœbus, et dont on peut encore contempler les tristes débris. —— Jusqu'au moment de la révolution, une grande partie de cette tour était resté intacte ; on pouvait, en gravissant un des côtés du mur, haut de dix pieds, apercevoir une large excavation que les ronces et les éboulemens n'avaient pas encore comblée, et où venait aboutir un souterrain destiné à servir de retraite dans un cas désespéré. —— Aujourd'hui tout cela et les murs de défense qui entouraient la ville, et presque toute l'ancienne ville nommée *le Château*, se trouve détruit ; et bientôt les vieillards pourront se dire par tradition : *Ici fut la tour de Phœbus*. —— Sans doute, s'il n'en reste plus de trace, il en restera long-temps le souvenir ; c'est bien quelque

chose, mais ce n'est pas assez pour ceux qui ne voudraient rien perdre.

Qu'on me permette d'ajouter quelques mots à cette note. Les habitans de Foix, comme ceux de Marseille, se prétendent issus des belliqueux Phocéens. Les Gastons qui régnèrent sur eux furent presque tous célèbres par leur vaillance, par leur goût pour les belles-lettres et par la noblesse de leurs manières. N'oublions pas qu'Henri IV descendait de cette illustre famille, et que la plupart de ces Princes furent aussi renommés par les grâces et la beauté du corps que par les amabilités de l'esprit. Dans les *trois Plaids d'or*, madame Éléonore de Surville s'exprime ainsi :

N'en peindray les beautés ; non, tel ne se montra
Gaston le Bearnais, que Phœbus on surnomme ;
Bel Adon, quand Vénus aux champs le rencontra,
Ny Pâris, apposant d'icelle aux pieds la pomme.

Ces vers, écrits à peu près en 1468, signifient : *Je n'en peindrai pas les beautés ; non, tel ne se montra point Gaston le Bearnais qu'on surnomme Phœbus, ni le bel Adonis quand Vénus le rencontra dans les champs, ni Pâris quand il déposa la pomme aux pieds de la Déesse.*

(3) Maison de campagne de l'auteur, qu'arrose la petite rivière de *Laure*.

(4) J'avais mis d'abord : « Que je veux rendre » plus agréable pour elle par des plantations d'éra- » bles, de platanes, d'acacias, de vernis du Japon, » entremêlés d'ormeaux, de frênes et de Sicomo- » res ». J'ai tenu mon serment ; mais ayant trouvé une jolie tirade de vers, traduite de Vanières par M. le sénateur François de Neufchâteau, comte de

l'Empire, j'ai cru devoir m'en enrichir en avouant ma dette.

(5) Les *pourceaux d'Épicure* dont parle Horace, ne sont point les véritables disciples de ce philosophe dont on a attaqué les maximes, à peu près comme Coste voulut combattre Montesquieu sans le comprendre.

(6) Dans un *Dictionnaire des Origines*, j'ai remarqué cet article : « Les anciens n'avaient point » pour les *courtisanes* le même mépris qu'elles » nous inspirent. A la vérité, Phriné, Aspasie, » Laïs et Leontium auraient en quelque sorte racheté » cheté leurs vices par leurs talens, leurs belles » actions et leurs conquêtes, si quelque chose » pouvait suppléer aux bonnes mœurs. Aujour-» d'hui les femmes de cette espèce n'excellent que » dans l'art de tromper la crédulité, la faiblesse, » les sens et la nature ».

(7) Ce fragment est de Rochon de Chabannes. —— M. Creusé de Lessert, dans un petit poëme sur *les Femmes*, s'écrie :

Quel doux attrait vers la beauté m'appelle !
A la vanter je trouve mille appas,
Et j'ai toujours besoin de parler d'elle
Quand par malheur je ne lui parle pas.
Ai-je grand tort ? Non ; son tendre sourire,
Son regard fin, sa grâce, tout séduit,
Tout charme en elle, et ce qu'elle nous dit
Vaut cent fois mieux que ce qu'on en peut dire.
. . . .
O trop heureux l'ami du Dieu d'amour,
De qui l'amante, et fidèle et chérie,
Par sa présence embellit le séjour,
Et par ses soins daigne enchanter la vie !

> Dans son asile il trouve à tout moment
> Tant de douceur unie à tant de grâce !
> Le ciel jaloux lui voudrait vainement
> Faire éprouver disgrâce sur disgrâce ;
> Sur son amie appuyé doucement,
> De la fortune il brave la menace :
> Un bien si cher, un objet si charmant
> Remplace tout, et rien ne le remplace.

(8) *Énamouré !* ce vieux terme, rempli de délicatesse et de naïveté, mérite d'être rajeuni. Nos anciens poëtes s'en sont quelquefois servis avec goût ; et les Espagnols ainsi que les Italiens, qui nous empruntèrent cette expression, l'ont toujours conservée. — En Espagne il y a une roche d'où deux amans se précipitèrent : on l'appelle *la pena de las enamorados* ; et le Tasse, dans ses *Veillées*, dit de lui-même, *l'Infelice innamorato.*

(9) Expression dont Chapelle s'est servi pour caractériser la rapidité de ce fleuve, et peut-être aussi pour faire une épigramme.

(10) Toutes les fois qu'on passe de l'affirmation à la négation, ou d'un temps à un autre, la répétition du pronom est de rigueur. Je le sais ; mais de grands poëtes se sont dispensés d'obéir à cette règle : en faveur de la concision, me pardonnera-t-on d'avoir osé les imiter ?

(11) Pourquoi quelques personnes écrivent-elles encore *Sèvres*, tandis qu'on prononce *Sève ?*

> J'irai donc vous chercher à *Sève*
> Dans ce parc riant qui s'élève
> Sur le penchant des verts côteaux.

C'est ainsi que Lemierre décrit Saint-Cloud dans

une de ses Épîtres. Fontenelle s'exprime de cette manière :

Vers l'endroit où du pont de *Sève*
Le dos voûté sur la Seine s'élève,
Deux courtiers, etc.

Un autre poëte a placé dans ses vers ces homonymes :

Ah ! que ne puis-je au retour de la *Sève*
Faite avec vous, jeune et belle de *Sève*,
Des promenades jusqu'à *Sève*.

Ces traits sont plus originaux qu'ingénieux. Clément de Génève a écrit : « Lorsque le problème » des longitudes aura été résolu, et que les pilo- » tes connaîtront les côtes, les écueils, les caps, » les ports, les baies, les anses de toutes les mers, » aussi-bien que le patron de la galiote de Saint- » Cloud connaît les bords de la Seine de Paris à » *Sève*, qui ne voit qu'alors toutes ces sciences » (les mathématiques) tombent nécessairement dans » la langueur ». Et Voltaire, dont l'oreille était » très-sensible à l'harmonie : « Déjà même un parti » Hollandais ..... avait enlevé sur le pont de *Sève* » le premier écuyer du Roi, croyant se saisir de » la personne du Dauphin ».

(12) C'était une annonce du *Génie du Christianisme*, qui n'avait pas encore paru.

(13) Allusion au *Contemplateur religieux*, poëme que M. A. Gaude composait à cette époque et qu'il vient de publier. Cet ouvrage vraiment pieux, est écrit avec beaucoup de facilité, d'onction et de grâce.

(14) Dans un envoi des œuvres de Bernard que je supprime à cause de son extrême faiblesse, j'avais écrit ces vers :

Ce doux besoin qu'exprime le mot *j'aime*
     Dans les vers du *Gentil-Bernard*,
Par les jeux de sa muse est réduit en système.
Quoi ! du plaisir d'*aimer* on a pu faire un *art* ?
Comment rendre ces feux qu'un vif amour fait naître,
Et ce tendre abandon et ces chastes combats
Que le cœur sait goûter, mais qu'on ne décrit pas ?
     Momens heureux, momens remplis d'appas,
     Quand mon amour vous verra-t-il paraître ? etc.

(15) La Dixmarie a fait un joli conte des amours de Diane et d'Endymion. J'en rapporterai ce trait charmant :

Rougir sans se fâcher, est, dit-on, chez les belles
Un signal dont l'amour peut faire son profit ;
     Ovide quelque part l'a dit :
     J'aimerais mieux le tenir d'elles.

Le Tassoni, dans son poëme du *Sceau enlevé*, a décrit la même aventure. L'Episode qu'il lui consacra est pleine de grâce ; mais comme l'observe M. Creusé de Lessert, cette Déesse s'y montre un peu vive : *une Vénus française ne s'enflammerait pas aussi aisément que cette Diane italienne.*

PIECES

PIÈCES FUGITIVES.

~~~~~~~~~~~~~~~~~~~~~~~~~~~~~~~~~~~~~

A M. DE BONAFFOS DE LATOUR,

OFFICIER D'ARTILLERIE LÉGÈRE (1).

Improbus ille puer.....

(VIRGILE.)

Que ton éloge est adroit et flatteur !
  Mais qu'il est loin de tromper mes disgrâces.
Tu le sais, cher ami, cet objet séducteur
Dont ma muse peignit les attraits et les grâces,
Dédaigne également et l'amant et l'auteur.

  Non, non, crois moi, l'aimable Éléonore
Ne recevra jamais ni mes vœux ni ma main ;
  De ce beau jour dont je rêvai l'aurore,
Je ne verrai jamais briller le lendemain :
Pourquoi donc me vanter des talens et des charmes
Qui tourmentent mon cœur déjà trop agité ?
  N'aggrave pas le poids de mes alarmes
  Par le tableau de la félicité.
Disciple infortuné de Tibulle et d'Ovide,

(1) Aujourd'hui Capitaine d'artillerie légère dans la
garde impériale, et Membre de la légion d'honneur.

<div align="center">B</div>
~~~~~~~~~~~~~~~~~~~~~~~~~~~~~~~~~~~~~

J'osais lui répéter dans mon enchantement :
  « Le temps jaloux, sur son aile perfide,
   » Emporte jusqu'au sentiment ;
» Tous nos jours sont comptés : la vie est si rapide!
   » Pourquoi la perdre à faire mon tourment?
   » Éléonore, imite cette rose ;
  » Elle efface en éclat les œillets d'alentour :
   » Mais dès l'instant que la fleur est éclose,
» Son calice s'entr'ouvre aux baisers de l'Amour».

  Par ces conseils, de mon sort déplorable,
  Je m'efforçais d'adoucir les rigueurs,
  Et je n'ai pu la trouver exorable (1)!
L'Amour est un tyran qui s'abreuve de pleurs ;
Au bonheur, sous sa loi, nul n'a droit de pré-
tendre :
  De courts plaisirs et de longues douleurs,
Voilà tous les présens que l'on en doit attendre.

En vain l'illusion, par sa flatteuse erreur,
A charmé quelquefois les peines de mon cœur ;
Tandis que sur les bords de l'Ariége fertile,
L'imagination caressante et docile
  Offre à mes sens l'image du bonheur,

(1) *Exorable* ! J'ai essayé ce mot d'après le conseil de Voltaire et l'exemple de Pavillon, de Sarrazin, et de quelques poëtes qui l'ont jadis employé. J'en ai fait la remarque dans un article sur le néologisme, inséré dans *la Revue*. Depuis lors M. Perseval de Grandmaison s'en est servi avec beaucoup de goût. Voici ses vers :

  Ainsi, le courtisan qui d'un monarque altier
  Cherche à rendre le cœur à ses vœux *exrable*,
  S'efforce dechoisir un moment favorable.

Peut-être loin de moi l'ingrate Éléonore
Dans un monde brillant, et frivole et trompeur,
Rit sans pitié du feu qui me dévore.

Fidèle et cher ami, tu vois un malheureux
Désenchanté du rêve de la vie.
Ah ! comme lui, jamais ne deviens amoureux !
De regrets trop amers la constance est suivie.
La gloire, digne prix de nos héros guerriers,
Va conduire tes pas dans les champs des Bataves ;
Distingue-toi parmi nos braves,
Et couvre ton front de lauriers.
Tu sais combattre, écrire, vaincre et plaire ;
Ah ! puisses-tu bientôt, aux fleurs d'Anacréon,
Ajouter ces *honneurs* et ce noble salaire
Qu'accorde à ses soldats le Grand Napoléon (1).
Empressez-vous, fils vaillans de Bellone,
De subjuguer ses nombreux ennemis ;
Par vos exploits ils vont être soumis :
La Victoire vous range autour de sa personne.

Pour moi qui n'ai plus qu'à souffrir,
Qu'à pleurer mon indifférence,
Triste jouet d'une fausse espérance,
Je vis pour des tourmens qui ne peuvent finir.
De mes jours, qu'ont tissu les sombres Eumé-
nides,
Je n'aspire aujourd'hui qu'à terminer le cours,
Et je suspends ma lyre aux branchages arides
Des cyprès, dont la vue attriste les amours.

(1) *Nominatus est usque ad extrema terræ.* Ce qui
signifie : *Sa renommée a volé d'un bout du monde à
l'autre.*

B 2

L'AVEU.

O DOUX aveu qui flatte ma tendresse !
O doux espoir qui ranime mon cœur !
Éléonore approuve mon ivresse ,
Elle a promis de faire mon bonheur.

A cet aveu , roses de la pudeur,
Vous coloriez les lis de son visage ;
Ses yeux baissés me nommaient son vain-
    queur :
Je l'admirais , j'admirais mon ouvrage.
Aimable aveu , tu consoles mon cœur ;
Aimable espoir , tu charmes ma tendresse :
Éléonore approuve mon ivresse ;
C'est approuver ma flamme et mon bon-
    heur.

Que cet aveu qui causa mon délire
La rendit belle à mes yeux enchantés !
Je lui parlais , et la voyais sourire
A mes discours qu'Amour avait dictés.
Du doux aveu transporte ma tendresse ,
Un doux espoir fait triompher mon cœur :
Éléonore accueille mon ivresse
Et doit bientôt achever mon bonheur.

Avant ce jour je languissais en proie
Au noir courroux d'un destin rigoureux :
Depuis ce jour je nage dans la joie,
Et des mortels je suis le plus heureux.
Charmant aveu qui flatte ma tendresse ;
Charmant espoir qui transporte mon cœur :
Éléonore a senti mon ivresse,
Elle a juré de me rendre au bonheur.

B 3

A ÉLÉONORE.

TU soupirais, et ton air de froideur
De ton amour n'était donc qu'une feinte ?
Tu me cachais tes désirs, ton ardeur,
Tu me craignais..... Ah ! pourquoi cette
    crainte ?

Celui qui t'aime et n'aimera que toi,
Peut-il tromper une amante fidèle ?
Peut-il trahir ton penchant et sa foi ?
Non, des époux je serai le modèle,
J'ai pour garant tes vertus et mon cœur ;
Ou si la mort avant ce temps m'appelle,
Je puis mourir, j'ai connu le bonheur.

A ÉLÉONORE,

Peignant le Ravissement.

TANDIS que l'on admire en ce brillant tableau
Ce doux *ravissement* que tes charmes font naître,
Chacun des spectateurs croit en soi reconnaître
    Tout ce qu'exprima ton pinceau.

ÉLÉGIE.

A ÉLÉONORE,

Qui voulait par délicatesse me détourner de m'attacher à elle, parce qu'elle craignait de ne jamais recouvrer ses possessions coloniales.

Tandis qu'une douce espérance
Venait sourire à ton amant,
C'était donc, hélas ! vainement
Qu'Amour allégeait sa souffrance.
Tu me conseilles de te fuir !
Tu m'ordonnes d'être volage !
Mais trop fier de son esclavage,
Mon cœur ne saurait t'obéir.
Le nautonier, loin du rivage
Dès qu'il éprouve quelque orage,
Peut-il à son gré revenir ?

Moi ! que d'une flamme nouvelle
J'aille encor subir la rigueur !
Moi ! que je devienne infidèle !!!.....
Quelle autre serait aussi belle ?
Quelle autre ferait mon bonheur ?

Bannis toute crainte importune :
Et que te manque-t-il ? De l'or ?

Tes vertus, voilà mon trésor :
Je ne veux pas d'autre fortune.
Ah ! si quelque jour les Français,
Qu'en tous lieux guide la victoire,
Pour leur intérêt et leur gloire
Arrachent ton île aux Anglais,
Alors j'accepte, Éléonore,
Les présens que tu veux m'offrir (1) ;
Mais ne m'ôte pas le plaisir
D'enrichir l'objet que j'adore.

Je ne suis point ambitieux ;
Oui, quand même l'arrêt des Dieux
Me destinerait à l'empire,
T'aimer et pouvoir te le dire,
Serait préférable à mes yeux.
Que cette retraite modeste
Où j'ai coulé d'heureux instans
Se change en un séjour céleste
Par ta présence et tes talens !
Tu trouveras dans cet asile
Des livres, un loisir utile,
Des bosquets, un bonheur tranquille
Avec de fidèles amours.
Satisfait de mes douces chaînes,
Sur la lyre des troubadours
Je veux te redire mes peines,
De l'Ariége chanter le cours

(1) Eléonore Créole-Africaine (de l'Isle de France) a perdu en Amérique (à Saint-Domingue) trois habitations, dont deux étaient en pleine valeur, et rapportaient cent mille francs de rente.

Et son pittoresque rivage ;
Et ce ciel toujours sans nuage ,
Et ces labyrinthes discrets
Où le Dieu qui règne à Cythère,
Sous un ombrage pur et frais
Protége et sait tenir secrets
Les larcins permis au mystère.

Ah ! cède à mon amour constant ;
Quittons la Garonne et Toulouse :
La plus tendre mère m'attend
Pour embrasser ma jeune épouse.

———

A ÉLÉONORE.

Envoi d'une Rose.

QUE j'aime la métempsycose !
Que ne puis-je adopter ce système enchanteur !
Je m'offrirais à toi sous l'aspect d'une fleur ,
Et ton amant serait la rose
Que tu placerais sur ton cœur.

A ÉLÉONORE.

IMITATION DE CATULLE.

Vivons pour nous aimer, ma chère Éléonore ;
Trop vîte elle s'enfuit la saison des amours.
        Que la vieillesse aux froids discours,
    Que mes rivaux me jalousent encore,
        Rends-moi, cher objet que j'adore,
        Le plus heureux des troubadours.

    L'astre brillant qui verse la lumière,
    Chaque matin recommence son cours,
Tandis que sans espoir se perdent nos beaux jours,
Comme se fane et meurt la rose printanière.

Le plaisir nous approuve ainsi que la raison ;
    Viens, suis mes pas sous ce feuillage sombre
        Qui va protéger de son ombre
        Des baisers promis à foison.
Donne-les sans compter ! que t'importe leur
    nombre ?
Compte-t-on les épis que livre la moisson ?
        Compte-t-on les fleurs du rivage ?
        Compte-t-on les dons de Bacchus ?
    Eh ! bien ! j'en veux mille fois davantage...
    Mais n'arme pas tes beaux yeux d'un refus.

Aimer, c'est vivre : ô mon Eléonore ,
Cède à l'Amour , cède à ses traits ;
Et sans crainte abandonne à l'amant qui t'adore
Et ta bouche divine et tes jeunes attraits.

A ÉLÉONORE.

Dédicace d'une traduction du Congrès de Cythère , *d'Algarotti.*

A celle qui m'a su charmer
J'offre le *Congrès de Cythère :*
On y traite de l'art d'aimer ,
Elle enseigne celui de plaire.

FIN.